令和川柳選書

風の時代

望月弘川柳句集

Reiwa SENRYU Selection
Mochizuki Hiroshi Senryu collection

新葉館出版

令和川柳選書

風の時代 ■ 目次

令和川柳選書

風の時代

Reiwa SENRYU Selection 250
Mochizuki Hiroshi Senryu collection

第一章 たかねの風

ふるさとが着飾っている初日の出

この星を眺め続けて雑煮食う

言祝ぐに先を越された休肝日

門松を立てぬと福は舞い込まぬ

私がわたしでない日くる予感

青春を悩んだ数で生かされる

玄関へ来ると矢印動かない

のりしろがあっけらかんと生きている

晩酌へバトン渡した酔芙蓉

どこがどう疲弊したのか風が吹く

女神とは会えずじまいのクジを買う

アミダクジ抗がん剤へ突き刺さる

カルテにはしぶとい奴と書いてある

茶摘みから茶刈になって初夏の風

眠くなる本を眠れず読んでいる

完熟をしないトマトが先に逝く

雪舟の弟子かも知れぬバンクシー

塩むすび逃げ切る策を模索中

耳鳴りは颪と共には去りもせず

十二月八日を死語にして平和

剥がしたい時に剥がれぬセロテープ

ライバルのベンチにもいた千羽鶴

常温の畑で野菜が茹で上がる

眼を開いているのに見えぬものばかり

柏手で神の眠りを覚まさせる

香典は出すが涙は流さない

どうせ死ぬ身だと心が狭すぎる

冷蔵をしないと腐る老いの恋

餅を搗くウサギがいないない野暮な月

押し花にされて未来は旅に出る

転ぶかも知れぬが一歩踏んでみる

喪った記憶を探す虫メガネ

運転はしないと決めた酔芙蓉

三叉路で天国行きへ舵を切る

いちじくの葉っぱで隠すほどでなし

退院へリハビリ少し誇張する

火の匂いさせて地球の無表情

平和史へ座らせておくツルを折る

ロケットが月の童話を消しに行く

春を聴くためにしている耳掃除

笑えない話を質にいれてくる

熱いうち鍛えなかったツケがくる

不都合なことは聞こえぬ耳と棲む
父と母どちらが蛙だったのか
躓くと嘘がぽとりとしゃしゃり出る

デジカメを見るとポーズをとる桜

アラームに外出許可がもらえない

退職の日から私もジェネリック

試し刷りまだ本刷りでない夫婦

地下足袋の帰宅を待ってメザシ焼く

「ありがとう」すべてを流す時に言う

二合を飲ますと火星語を喋る

半券はお持ちくださいデイケアー

ふる里の訛りで孫の守をする

これからはマイナンバーの骨拾う

月の裏てんやわんやの声がする

十五夜のウサギがいない幼稚園

昼の月監視カメラのようにいる
理不尽な世も見なさいと生かされる
光らない背を黙々と継いでいく

ときめきを探し寿命を引き伸ばす

水石に向いてはいない石頭

崇拝はするが貧乏神はいる

パソコンの中で病名出来上がる

長雨を紫陽花だけは厭わない

流されているのに丸くならぬ石

やるせない級友たちの途中下車

晩酌をついそそのかす酔芙蓉

それなりに生きそれなりの土になる

元気出せ待合室は花盛り

足腰へ不埒が忍びこんでくる

百人のくしゃみで嘘が止まらない

上げ底が上げ底だけでほっとする

減塩が効いて締まりのない男

大根と鰤の仲へは割り込めぬ

終戦も敗戦も知る鍋の中

騙すのも騙されるのも自由主義

感嘆符今日は一つも出てこない

三代目だろうトマトが甘すぎる

友が友呼び寄せてくるかつおの碑

ハチ公よもうその人は戻らない

中七と下五も締めて旅に出る

たかね座の惑星となるかつおぶし

あの星がかつぶしだろう冬銀河

Reiwa SENRYU Selection 250
Mochizuki Hiroshi Senryu collection

第二章
いつか来た道

七夕が流されている天の川

一度だけ死んでみたいと少年期

二階から目薬飢餓が救えない

南から北から溶けていく地球
百年の一度に地球責められる
昼の月月下美人と擦れ違う

十二月八日は嘘の頭陀袋

誰がどう住んでいるのか隣組

貧しくて貧乏神に逃げられる

副作用くぐりぬけした髭を剃る

ビタミンの海を犬かきする余生

福は内妻はしぶとくいるつもり

敬老へ労りだけが届けられ

紙パンツ他言無用ときつく言う

触れるのを待ちくたびれていた熟柿

ふるさとはここにありなん山桜

心電図もう恋なんか恋なんか

畳めない畳めませんよ核の傘

ふくらはぎ俺の人生言い当てる

すりぬけた人生妻が補修する

パッキンが壊れましたと泌尿器科

ここだけの話はじっとしておれぬ
海の日の海に何にもしてやれぬ
顔に火がつくからうしろ振り向かぬ

ノミネートされても履ける靴がない

七人の敵がぼろぼろ欠けていく

一生の不覚を入れたマンホール

小心で等身大がない男

最善がなくて次善も気に食わぬ

あばら家を長持ちさせる為に住む

爪切ると喜怒哀楽が拾えない

平和論引き裂くように虎落笛

酒になる寿司にもなれる米を研ぐ

雑草と有機野菜が握手する
無人駅性善説が通り抜け
粉雪はこころ乾かぬように降る

温暖化なのに濡れ衣乾かない

お隣もそのお隣も高齢者

妻が阿で僕が吽です恙ない

徘徊は個性なんですケアホーム

長生きをしたくて川は蛇行する

落ち椿悔いは一切残さない

逆立ちをして発想を誘い出す

青春へ投げておきたいブーメラン

ドクダミのその健気さに叶わない

読み書きとソロバンだった脳がある

悪ぶった事も一言回顧録

空き缶は敵のように踏み潰す

この国でいつまでできる深呼吸
悲しみはもう沢山とドライアイ
玉砂利の音を立てない靴を履く

お気持ちというお布施から試される

正直が過ぎて景色を見失う

ロスタイムやっぱり酒が欠かせない

鳴かぬから俺は生涯討たれない

早く逝くつもりはないと猫を飼う

呆けた夢白内障のせいにする

池の鯉何を察しているのやら
盆栽になれば老後も愛される
向かい風ないと凧でも上がらない

言い逃ればかりしている注意書き

戦中を回覧板は喋らない

襟のないシャツが政治を闊歩する

パイプ椅子から立ち上がる民主主義

夕やけに間引きをされた縄電車

年甲斐もなくドキドキと袋とじ

旬に咲く花には旬の応援歌

納豆の粘り戦の顔をする

朝市で訛りをつけて売る野菜

不自由と自由を連れて旅をする

急ぐまい一度っきりの人生だ

高齢化進軍ラッパ鳴りやまぬ

娘から駆けつけ介護されている

茶封筒やさしい過去を抱いている

人間を終わってほっとする遺影

生き様を磨きなさいと陽が昇る
一円の不足で梅雨が届かない
山桜ソメイヨシノを俯瞰する

人格が剥がされていく物忘れ
かかりつけ医の胃カメラは嘘つかぬ
一合の酒止まり木の友となる

のらくろは三等兵のままで老い

小説も見てきたような嘘がある

常温のままで生きたとプロフィール

Reiwa SENRYU Selection 250
Mochizuki Hiroshi Senryu collection

第三章

流転輪廻

元気かと菩薩寺からの年賀状
方便の嘘風呂敷が結べない
憚って生命線を研ぎ澄ます

病老のあとの一つを弄ぶ

肝臓と仲良くできる酒がない

トンネルを出ると余所見をしたくなる

曼殊沙華だけは彼岸を忘れない

一本の釘真っ直ぐに打つ苦節

饅頭が天長節へ届かない

魚の目が働き過ぎを具申する

リベラルに老いたと終の診断書

にんげんをやめたくなる日貝になる

年金に図々しさを褒められる

人間でいる条件の腹八分

逃げ水に連れて行かれた父と母

虫メガネ大人は虫を見ていない

ポケットを肥満にさせる小銭入れ

起き上がり小法師ゆっくり寝かせたい

八月を昇天させる遠花火

戦争と平和話した黒電話

ドクダミもげんのしょうこも影がない

原っぱになれないだろな放耕地

小賢しさあって凡人にはなれぬ

二足では立っていられぬ日が怖い

ばっさりを驚いたのは洗面器

その日から頂戴をした要介護

死神も貧乏神も天邪鬼

蓄えた運が無利子のまま朽ちる
人生はグーチョキパーで泳ぎ切る
生かされている生きるのは辛いから

完璧な無菌の僕が狙われる
手も足も置き所ない副作用
しばらくは道なりのまま走らされ

青空へ不要不急の深呼吸

咲ききると来春という花がない

過去帳の私の欄は空けてある

その日から風雲急を告げに来る

寒々と寒々と聞くネズミ算

戦いはいつ終わるのか仏様

無観客僕は静かに逝くつもり

身の丈の晩酌だから妻とする

令和には缶けりの子らいなくなる

月はまだ地上に降りたことがない
冬眠をしない浮気の虫を飼う
固まらぬのに次の雨降ってくる

娘の部屋に介護施設の説明書

落葉が思案している次の策

身の丈に揶揄されている一張羅

大木に天狗の棲んだ跡がある

数独を解いた日脳が若くなる

仲良しになりませんかと昼の月

手袋は脱いで三三七拍子

別々の部屋で枕はよく眠る

転居先施設と書いたハガキ来る

肝機能斥候させるコップ酒
行間へ歯間ブラシをかけておく
いい人でいるから金は貯まらない

戦中派死語になっても構わない

咳き込んで待合室の咎となる

副作用しっかり守るジェネリック

談合をしたかのように休刊日

水道もやがて下水の世話になる

天空の貯水池穴が開いている

屁理屈が四角四面に収まらぬ

チェーンソーあれは与作の孫だろう

充電が効かなくなった記憶力

長生きをすると別れが多くなる
車庫入れは済んだ私は生きている
一度しか載せてもらえぬ訃報欄

来賓の市長も掛けるパイプ椅子

ぼた餅を我が家の棚は落とさない

足腰が渡れと言わぬ歩道橋

完食を院内食に褒められる

有罪の判決受けるレジ袋

地球人には見せられぬ月の裏

正直で昔話が語れない

飼い猫に先に逝くなと頼まれる

落ち武者の里から人が欠けていく

弾けぬから娘に買ってやるピアノ

悲しみがあり喜びもでかくなる

躓いたことは世間に伏せてある

一生を転がってきたさざれ石
あの恋を成就をさせていたならば
この世へはもう戻らない茹で卵

あとがき

川柳作家ベストコレクションから五年の歳月が経った。私には特に師事する先生や先輩もなく、新聞や柳誌からの独自の川柳であり、これといった勉強もしなかったことから発展も発達もない川柳でしかない私的な川柳かなと思っている。今考えると私には他人の斟酌は受けたくないという妙な下心があったように思う。それでも、ＮＨＫ学園の川柳講座は入門から実作を経て川柳春秋まで加入して少しは学んだつもりである。川柳春秋も五十号から九十五号まで愛読していた。

新聞も地方紙の柳壇へ投稿してきた。新聞川柳は時事的な句が多い傾向からそれなりに時事句を多く詠む機会が多かったように思う。市や県の協会や句会にも積極的に参加して知己を得てきた。全国の川柳大会も北海道から九州まで継続して十年以上参加してきた。

読売新聞「しずおか時事川柳」の選者も十三年間経験させていただいた。お陰で投句者と選者の気持もわかるようになった。

平成十三年に前立腺癌が見つかり全摘手術を受けた。その後再発して放射線治療をしたが全治には至らず、ホルモン療法で今日まで生かされてきた。毎月の経過観察を受けてきたがもはや万事休す状態に追い込まれてしまった。残されたのは抗がん剤治療しかなかった。それも年齢的に見て余り勧められないとのことだったが、全治は無理だが進行を遅らせることはできるとのことから、抗がん剤治療を受けた。お陰で体調が悪くなったり気持ちが滅入るような症状は出なかった。しかし、体毛や頭髪は見事に抜け落ちてしまった。

ばっさりを驚いたのは洗面器

が、その時の句となった。

三回程の治療で、副作用として肝機能に異常が発生してしまった。やむなく抗がん剤治療は中止してホルモン剤治療に切り替えたが、その副作用だろうか、今度は脚に血栓ができて緊急手術を受けた。そんなこんなで三か月もの入院を余儀なくされてしまった。

主治医からは、もう年齢的なこともあって手術も放射線治療も無理で、効力のありそうな治療は全て行ったので、あとは寿命との勝負だと宣告をされてしまった。それでも何とか生かされている。しかし確実に余命はなくなっている。いつかは終わる日の来ることも承知している。お陰で戦争による飢餓や貧乏も体験してきた。そして今の平和な世界に生かされている。幸せな人生だったと感謝している。

そんな時に今回の句集のお話を頂いた。もはや新しい句を生み出す余裕も余力もないので、今迄の句を急遽揃えることにした。遺句集になるのは間違いはない。

最後の機会をいただいた新葉館の竹田さんには、改めて感謝申し上げます。

二〇二二年七月吉日

望月　弘

●著者略歴

望 月　　弘（もちづき・ひろし）

1935年　静岡県生まれ

静岡たかね川柳会所属

川柳文学コロキュウム、川柳展望 会員

川柳「路」、せんりゅう紫波 誌友

2006 ～ 2019年　読売新聞「しずおか時事川柳」選者

第51回河北賞 受賞

ふじのくに芸術祭2020芸術祭賞 受賞

令和川柳選集

風の時代

○

2022年 8 月 8 日　初　版

著　者

望　月　　弘

発行人

松　岡　恭　子

発行所

新　葉　館　出　版

大阪市東成区玉津1丁目9-16 4F　〒537-0023

TEL06-4259-3777㈹　FAX06-4259-3888

https://shinyokan.jp/

○

定価はカバーに表示してあります。

ISBN978-4-8237-1114-5